AF302164

Susen BG

Weihnachtszauber in Alaska

Roman

Impressum

Bibliografische Information der Deutschen Nationalbibliothek:
Die Deutsche Nationalbibliothek verzeichnet diese Publikation in der
Deutschen Nationalbibliografie; detaillierte bibliografische Daten
sind im Internet über http://dnb.dnb.de abrufbar.

© 2024 Susen BG (Susanne Blättler)
Korrektorat: Beat Müller
weitere Mitwirkende: Toni Blättler Buchcover
Verlag: BoD • Books on Demand GmbH, In de Tarpen 42,
22848 Norderstedt
Druck: Libri Plureos GmbH, Friedensallee 273, 22763 Hamburg
ISBN: 978-3-7583-5076-4

Kapitel 1

Laura blickte nachdenklich aus dem Fenster. Der Himmel über New York war grau und es nieselte leicht. Normalerweise liebte sie diesen Ausblick von ihrem Büro aus. Aber jetzt stand die Weihnachtszeit bevor und mit ihr war sie schon seit Jahren auf Kriegsfuss.

Sie schluckte schwer, schüttelte energisch den Kopf und raffte die Schultern. Nein, für Sentimentalitäten hatte sie jetzt keine Zeit. Auf ihrem Schreibtisch stapelten sich unzählige Berichte über das neue Projekt und forderten all ihre Aufmerksamkeit. Also klappte sie den Laptop auf und tippte los.

Sie liebte ihren Job über alles. Mehr noch. Er war ihr Leben. Dafür war sie auch gerne bereit ein paar Opfer zu bringen. In dieser Branche brauchte man einen zähen Willen. Und den hatte sie. Deshalb galt sie für viele als unnahbar und distanziert. Ein Stück weit war sie das wohl auch geworden. Aber ganz tief in ihrem Inneren schlummerte immer noch ein kleiner Funken, von der verträumten Laura die nur so vor Lebensfreude gesprüht hatte. Nur man musste halt im Leben Prioritäten setzen.

Die Bürotür flog auf und zwei Kolleginnen traten kichernd ein. «Hey Laura», rief Sandy gutgelaunt und hob eine bunte Girlande in die Höhe. «Wir sind gerade dabei ein bisschen Weihnachtsstimmung zu verbreiten. Hast du Lust uns dabei zu helfen?»

Laura blickte auf und betrachtete die vielen Lichterketten und Weihnachtskugeln mit einem dicken Kloss im Hals. «Tut mir leid. Dafür fehlt mir leider die Zeit», erwiderte sie und wandte sich von Sandy und Nila ab.

«Ach komm schon Laura», schmollte ihre Kollegin. «Ein bisschen Ablenkung würde dir doch ganz guttun. Du wirst sehen, es macht unheimlich Spass.»

Laura lächelte gezwungen. «Vielleicht komme ich später nach. Ich muss jetzt wirklich weiterarbeiten. Aber ich wünsche euch viel Spass beim Dekorieren.»

«Okay.» Sandy und Nila zuckten mit den Schultern, verabschiedeten sich lautfröhlich von ihr und verschwanden.

Sarah spürte einen kleinen Stich im Herzen. Ein Teil von ihr wollte aufspringen, wollte sich in das Lichtermeer stürzen, dass ihre Kolleginnen herzauberten. Wollte die Wärme des Augenblickes auf sich wirken lassen. Aber stattdessen setzte sie sich wieder aufrecht hin, atmete tief durch und tippte weiter.

Kapitel 2

Wie jeden Tag pünktlich um halb acht, betrat Laura am nächsten Morgen das Büro. Nila setzte gerade die Kaffeemaschine in Betrieb und rief ihr über die Schultern zu. «Laura. Der Boss will dich sehen. In zehn Minuten in seinem Büro.»

Laura nickte, zog ihren Mantel aus und warf einen hastigen Blick auf ihren Schreibtisch. «Hat er gesagt, um was es geht?»

«Nein.» Nila schüttelte den Kopf und meinte bedrückt. «Aber irgendetwas muss passiert sein. So nett und höflich wie eben, war er mir gegenüber noch nie.»

Irritiert blickte Laura auf. «Harry? Nett und höflich? Ist er krank?» Sie kicherte leise auf und tippte Nila auf die Schultern. «Wir werden es gleich erfahren.» Mit grossen Schritten marschierte sie den Flur entlang zu Harrys Büro. Sie klopfte an die Tür und trat ein.

«Guten Morgen Harry. Du wolltest mich sehen?» Ihr Boss blickte mit versteinertem Gesichtsausdruck vom Schreibtisch auf und nickte.

«Ja richtig. Komm rein und setzt dich.» Nein. Hier stimmte definitiv etwas nicht. Harry hatte dunkle Augenringe und auf seiner Stirn glänzten Schweissperlen. Sein Hemd war zerknittert und seine Haare fettig und strähnig. So hatte sie ihren Chef noch nie erlebt.

Mit ungutem Gefühl setzte sich Laura hin und verschränkte ihre Finger ineinander. «Stimmt etwas nicht?»

«Könnte man so sagen, ja.» Harry massierte sich seinen Nacken. «Die wirtschaftliche Lage zwingt uns leider dazu dein Projekt an Samy abzugeben. Für uns ist es finanziell nicht mehr tragbar. Tut mir leid Laura, aber wir müssen uns von dir trennen.»

«Wie bitte?» Laura starrte ihn blinzelnd an. Das war ihr Projekt gewesen. Sie hatte jahrelang daran herumgefeilt. All ihre Energie da reingesteckt. Nächtelang durchgearbeitet. Und jetzt? Jetzt wurde sie gefeuert, kurz bevor das Projekt umgesetzt wurde?

Sie vernahm Harrys Worte nur noch sehr vage. All das, was sie sich die letzten Jahre hart erarbeitet hatte, fiel wie ein Kartenhaus in sich zusammen. Begrub all ihre Träume und Visionen unter sich, von einer Sekunde auf die andere.

Wie ferngesteuert verliess sie Harrys Büro und taumelte zurück an ihren Schreibtisch. Sie hatte genau eine Stunde Zeit, das Feld für Samy zu räumen. Ein Glück das Nila nicht hier war. So konnte sie sich klangheimlich aus dem Staub machen. Ihr war jetzt nämlich gerade nicht nach Reden. Sie wollte einfach nur noch weg hier.

Kapitel 3

Die nächsten drauffolgenden Tage verbrachte Laura in einer Art Schockstarre. Sie fühlte sich innerlich einfach nur leer und ausgebrannt. Sie zappte sich lustlos durchs TV- Programm, ernährte sich hauptsächlich von Chips und Gummibärchen und trank Bier bis zum Abwinken.

Ihr Handy lief heiss, aber sie ignorierte es. Stellte einfach den TV lauter und zog sich die Decke über den Kopf. Die meisten gaben nach drei, vier Mal anrufen auf.

So aber nicht der Anrufer von heute Morgen auf ihrem Festnetz. Der erwies sich als ziemlich hartnäckig und zwang sie, sich aus ihrer Komfortzone ihrem Sofa zu bewegen.

Mit hängenden Schultern tapste sie zum Telefon und blickte blinzelnd aufs Display. «Tante Emma?», flüsterte sie erstickt und schloss die Augen. Tagelang hatte sie nichts empfunden. Keine Wut, keinen Groll, einfach rein gar nichts. Aber jetzt platzte der Knoten und sie heulte sich fast die Seele aus dem Leib.

Die Vergangenheit holte sie mit voller Wucht ein und unzählige Erinnerungen prasselten gnadenlos auf sie ein. Sie sah sich wieder als kleines Mädchen durch den verschneiten Wald in Alaska rennen. Alles war damals so voller Magie gewesen, ganz besonders die Weihnachtszeit. Ihre Kindheit war so unbeschwert gewesen. Bis an jenem Tag, als ihre Eltern viel zu früh aus ihrem Leben gerissen wurden.

Dieser Verlust hatte sie bis heute nicht ganz überwunden. Jahrelang hatte sie sich in die Arbeit gestürzt. Aber jetzt wo auch dieser Teil ihres Lebens wegbrach, spürte sie die Leere, die sie all die Jahre versucht hatte zu verdrängen.

Das Telefon verstummte, klingelte aber sogleich wieder erneut. Laura putzte sich geräuschvoll die Nase, atmete tief durch und meldete sich mit einem zaghaften «Hallo?»

«Laura Liebes.» Die warmherzige Stimme ihrer Tante brachte dann das Fass endgültig zum Überlaufen. Laura wurde von einem hefigen Weinkrampf durchgeschüttelt und brachte bloss ein krächzendes «Tante Emma raus.»

«Liebes, was ist denn los?», erkundigte sich ihre Tante besorgt. «Bist du krank?»

«Nein», erwiderte Laura schniefend «Harry hat mir gekündigt und hat Samy das Projekt übergeben.»

«Wie bitte? Ausgerechnet an Samy? Ich fasse es nicht.» Emma stiess eine leise Verwünschung aus.

«Okay. Weisst du was? Du packst jetzt deine Koffer und unterdessen versuche ich einen Flug für dich zu ergattern. Wir haben uns schon so lange nicht mehr gesehen und ein bisschen Abstand wird dir jetzt guttun», schlug Emma vor.

«Ja, das schon. Aber ich will dir keine Umstände machen…»

«Du machst mir keine Umstände. Ich freue mich. Also pack die Koffer und sobald ich das mit dem Flug unter Dach und Fach habe, melde ich mich wieder.»

«Okay», lenkte Laura ein. «Danke Emma». Sie verabschiedeten sich und Laura blickte auf die festlich beleuchtete Stadt. Vielleicht war das jetzt genau das, was sie brauchte. Einen Tapetenwechsel.

Kapitel 4

Lauras Beine zitterten leicht als sie sich durch den langen, schmalen Gang aus dem Flugzeug schlängelte. Die Tür öffnete sich knarrend und eine eisige Brise schlug ihr entgegen.

Mit einem zaghaften Lächeln auf den Lippen betrat sie die kleine Leiter und blieb für einen Moment überwältig stehen.

Die Landschaft hier glich einem Wintermärchen. Majestätische Tannen waren mit einer dicken

Schneeschicht beladen und glitzerten, als ob man Millionen von Diamanten darüber verstreut hätte. Im Hintergrund erhoben sich die Berge und ihre Spitzen schimmerten im Sonnenlicht, während der Schatten sich in den Tälern niederliess.

Laura zog ihren Mantel enger um sich und stieg aufgeregt die Stufen hinunter. Der Schnee knirschte unter ihren Stiefeln und sie hätte um ein Haar leise aufgejauchzt. Sie fühlte sich mit dieser unberührten Natur tief verbunden. Sie liebte diese kalte klare Luft, der Geruch von frischem Schnee und das Knirschen unter ihren Stiefeln. Der ganze Stress der letzten Tage fiel von ihr ab und sie spürte eine tiefe Wärme in sich aufsteigen.

Emma stand am Ende des Rollfeldes und winkte ihr fröhlich zu und Laura hatte kaum das Terminal erreicht, stürmte ihre Tante ihr entgegen. Sie fielen sich in die Arme und hielten sich einen Moment lang schweigend fest.

«Willkommen zu Hause Liebes.» Emma löste sich von ihr und tätschelte liebevoll ihre Wange. «Ich freue mich so, dass du hier bist…»

«Ich mich auch», murmelte Laura und drückte Emma erneut an sich. «Du…du hast mir gefehlt…»

«Du mir auch mein Schatz», unterbrach Emma sie und wischte sich eine Träne von der Wange. «Aber jetzt bist du ja hier und nur das zählt. So und jetzt lass uns nach Hause fahren.»

Sie verliessen Arm in Arm das Flugareal, luden

Lauras Koffer auf den alten klapprigen Pickup und fuhren los.

Kapitel 5

Laura stand am Fenster und blickte hinaus auf die verschneiten Felder. Hier war alles noch genauso, wie sie es in Erinnerung hatte. Nur kam ihr der Hof jetzt viel abgeschiedener vor als früher und die ungewohnte Stille machte ihr etwas zu schaffen. Es fiel ihr schwer, ihr altes Ich hinter sich zu lassen.

Sie vermisste den Rummel, die vielen Menschen. Immer wieder ertappte sie sich dabei, wie sie die stillen Nächte des Landlebens mit den lebhaften Abenden in der Stadt verglich. Die Ruhe die sie früher als so wohltuend empfunden hatte, erschien ihr jetzt manchmal schon fast wie eine Strafe. Sie wurde gezwungen ihr Leben neu zu ordnen und auch gewisse Sachen zu hinterfragen. Und je mehr sie darüber nachdachte, desto sinnloser erschienen ihr plötzlich all die langen Arbeitsnächte und endlosen Meetings im Büro.

Harrys Rauswurf hatte sie zwar tief verletzt, aber auch wachgerüttelt. Ihre Arbeit zu verlieren war vielleicht gar kein so grosser Verlust gewesen, sondern viel mehr die Chance sich selbst wiederzufinden.

«Emma?» Sie legte ihr Handy beiseite und trat hinter ihre Tante, die sich gerade eine dicke Jacke überzog. «Hast du etwas dagegen, wenn ich dir dabei helfe die Esel, zu füttern?»

«Nein, im Gegenteil. Ich freue mich.» Emma kramte ein paar gefütterte Stiefel aus dem Schuhschränkchen und reichte sie ihr strahlend.

«Die müssten eigentlich passen.»

«Danke.» Laura zog die Stiefel an, setzte sich die Wollkappe auf die ihr Emma reichte und sprang übermütig auf. «Und? Wie sehe ich aus?»

«Was ist das für eine Frage. Bildhübsch.» Emma legte ihr noch eine Jacke über die Schultern und meinte augenzwinkernd. «So, jetzt bist du stalltauglich.»

«Freu dich nicht zu früh», erwiderte Laura mit einem schiefen Lächeln und hakte sich bei ihrer Tante ein. «Vermutlich stelle ich mich ziemlich blöd an.»

Lachend machten sie sich auf den Weg zum Stall.

«Ach, sind die süss.» Total entzückt ging Laura auf die leicht trotzig dreinblickenden Esel zu. «Gott und wie treuherzig sie gucken können.»

Emma schmunzelte und warf eine Gabel voll Heu in den Futtertrog. «Ja, darin sind sie Weltmeister. Aber lass dich davon nicht täuschen. Sie haben es faustdick hinter den Ohren.»

Laura griff mutig nach einer Heugabel und versuchte es ihrer Tante nachzumachen. Aber sie merkte sofort, dass es gar nicht leicht war, wie es aussah.

Ihr erster Versuch das Heu in den Futtertrog zu hieven, scheiterte kläglich. «Siehst du?» Sie grinste verlegen. «Ganz so stalltauglich bin ich dann halt doch nicht.»

«Ach was. Du machst das grossartig», ermutigte Emma sie. «Ein bisschen Übung und du machst das mit links.»

Nach mehreren Versuchen gelang es ihr dann schlussendlich doch noch eine Ladung Heu in den Trog zu streuen. «Juhu. Ich hab's geschafft. Hast du das gesehen?» Sie strahlte übers ganze Gesicht, als sie sich den Staub vom Gesicht wischte. «Für meine Verhältnisse ein richtiges Erfolgserlebnis.»

Fröhlich hüpfte sie im Kreis. «Weisst du was? Wenn es für dich okay ist, würde ich mich jetzt gerne noch ein bisschen im Treibhäuschen austoben.»

«Natürlich, nur zu.» Emma konnte sich ein verschmitztes Schmunzeln nicht verkneifen. Ja, ganz tief in ihrem Innern loderte also doch noch ein kleiner Funken, von der alten Laura.

«Ich kümmere mich unterdessen um meinen Bürokram. Der erledigt sich leider nicht von alleine.»

Die Beiden verliessen gemeinsam den Stall und während Emma hoch zum Haus lief, stapfte Laura fröhlich zum alten Treibhäuschen.

Knatternd zog sie die Glasscheibe auf und schloss für einen Moment die Augen. Sie liebte diesen würzigen Duft nach feuchter Erde. Mit einem wehmütigen Lächeln machte sie sich an die Arbeit.

Es dauerte keine fünf Minuten und sie spürte, wie sie sich entspannte. Die Ruhe hier draussen tat ihr gut und so allmählich fing sie wieder an die kleinen Freuden des Landlebens zu schätzen.

Klar, ab und wann vermisste sie die vielen Lichter und der Rummel noch. Aber diese Momente wurden immer weniger. Sogar die Stille die ihr anfangs so fremd gewesen war, übte mittlerweile einen gewissen Reiz auf sie aus. Mit jedem Tag den sie auf Emmas Hof verbrachte, fühlte sie sich hier ein Stück mehr zu Hause und das nicht zuletzt wegen Bello dem Hofhund von den O Briens.

Er hatte ihr Herz im Sturm erobert, obwohl er sie manchmal fast an den Rand des Wahnsinns trieb.

Emma war zwar am Anfang alles andere als begeistert gewesen über ihre neu geschlossene Freundschaft. Inzwischen aber akzeptierte sie Bello schon fast als ihr eigner Hund, riet ihr aber immer wieder sich vom benachbarten Hof fernzuhalten. Daran hielt sich Laura. Ihre Tante würde schon ihre Gründe haben.

Kapitel 6

Laura zog ihren Mantel an, setzte ihre Wollkappe auf und stampfte hoch Richtung Wald. Sie musste nachdenken. Ihre Gedanken ordnen, ihren Kopf durchlüften. Harry hatte sie heute Morgen angerufen und hatte sie zurück ins Boot holen wollen.

Noch vor wenigen Tagen hätte sie vor Freude Purzelbäume geschlagen und wäre ohne zu zögern auf sein Angebot eingegangen. Aber jetzt wusste sie nicht, ob sie überhaupt ihr altes Leben zurückhaben wollte.

Sie war hier in eine total andere Welt eingetaucht, in der sie einfach sich selbst sein konnte. Klar, vermisste sie manchmal ihre luxuriöse Wohnung und den Glimmer der Grossstadt. Aber das verblasste immer mehr.

Die Menschen hier hatten sie verändert. Hatten ihr gezeigt, worauf es im Leben wirklich ankam. Ein Zuhause zu haben, in dem man sich geborgen fühlte. Geliebt wurde. Wo man sich fallen lassen konnte. Menschen um sich zu haben, die sich gegenseitig unterstützten und achteten. So simpel es vielleicht auch klang, aber all das war so viel mehr wert als Geld, Macht und Ruhm.

Ein Raubvogel über ihr kreischte heiser auf und riss sie aus ihren Gedanken. Blinzelnd blieb sie stehen. Du lieber Himmel, wo war sie? Dem Pfad dem sie anfangs gefolgt war, existierte plötzlich nicht mehr. Verzweifelt versuchte sie sich zu erinnern, aus welcher Richtung sie gekommen war.

Aber der Wald sah irgendwie von allen Seiten gleich aus. Sie blickte auf die Uhr und schloss die Augen. Panik machte sich in ihr breit. Es wurde schon bald dunkel und niemand wusste, wo sie war.

Bello, schoss es ihr durch den Kopf. Der Hund war ihre einzige Hoffnung. Also schrie sie so laut sie konnte. «Bello!» Nichts, nur diese lähmende Stille.

Voller Verzweiflung startete sie einen erneuten Versuch. Weitere bange Minuten verstrichen, aber dann hörte sie ein leises Winseln. Laura hätte vor Erleichterung heulen können.

«Bello, hier bin ich», rief sie mit erstickter Stimme und wirbelte die Arme durch die Luft. Kurz darauf hechtete der drollige Hund aus dem Unterholz und sprang laut bellend an ihr hoch.

«Ja, guter braver Hund», lobte Laura ihn, ging in die Hocke und knuddelte ihn herzlich.

«Was? Braver guter Hund? Reden wir hier von Bello?»

Laura wirbelte benommen herum. Ein grossgewachsener Mann stand hinter ihr und musterte sie schmunzelnd. «Alles in Ordnung?», fragte er mit tiefer freundlicher Stimme.

«Ja.» Laura lächelte verlegen. «Ich weiss nur nicht mehr, wo ich bin…»

Der Mann kam näher und meinte. «Ja, der Wald hier ist nicht ganz ohne.»

Mit einem Nicken deutete er in die Richtung, aus der er gekommen war. «Wir sollten uns vielleicht besser auf den Weg machen. Es wird gleich dunkel.»

«Okay.» Laura schlang schlotternd die Arme um sich. «Danke…»

«Danke nicht mir, sondern diesem Ungestüm von Hund», witzelte er. «Bello hat dich gefunden, ich bin ihm nur gefolgt. Er hat mir gar keine andere

Wahl gelassen.»

Der Fremde zwinkerte ihr zu und grinste. «Ich heisse übrigens Jack.»

«Laura.» Sie streckte ihm lächelnd die Hand entgegen.

«Ich weiss. Emmas Nichte», kickte er gutgelaunt zurück. «Neuigkeiten verbreiten sich hier rasend schnell.»

«Ja. Sieht ganz danach aus», erwiderte sie leise lachend. «Dann bist du also hier aus der Gegend?»

«Jepp. Wir sind sozusagen Nachbarn.»

«Wirklich? Dann kannst du eigentlich nur Bellos Herrchen sein.»

«Eigentlich gehört er meiner Mutter. Aber sie kommt mit diesem Rabauken nicht klar. Gehorsam ist nicht gerade Bellos Stärke.»

«Oh nein.» Laura kicherte leise. «Er hat einen fürchterlichen Dickkopf.»

Jack lachte heiser auf. «Jeder hat halt so seine Eigenheiten. Aber dich scheint er richtig zu mögen.»

«Stimmt.» Sie tätschelte Bellos Kopf, der neben ihr her zottelte. «Vielleicht geht's ihm ein bisschen, wie mir. Er fühlt sich hier draussen etwas verloren.»

«Also so etwas wie dein Seelenverwandter», spöttelte Jack. «Wobei ich nicht das Gefühl habe, dass du dich so verloren fühlst. Du passt irgendwie hier nach Alaska.»

«Findest du?» Laura musterte ihn stirnrunzelnd. «Ist nicht dein Ernst, oder? Ich bin ein totaler Stadtmensch und…»

«Du machst auf mich einen ganz entspannten Eindruck.» Jack half ihr über eine hervorstehende Wurzel. «Die Ruhe hier draussen scheint dir ganz gut zu tun.»

«Du hast recht.» Laura seufzte leise. «Seit ich hier bin, denke ich viel über mein Leben nach. Über meine Arbeit und das was ich eigentlich wirklich will.»

Die Zeit verflog nur so und Laura war schon fast ein bisschen enttäuscht, als sie die Lichter von Emmas Hof durch den Nebel schimmern sah.

«So, ich glaube von hier aus, findest du alleine zurück.» Jack blieb stehen und rief Bello zu sich.

«Vielleicht sieht man sich ja Mal wieder…»

«Ja, wäre schön. Vielen Dank fürs nach Hause bringen», verabschiedete sich Laura mit einem verlegenen Lächeln von ihm. «Also bis dann…»

Mit pochendem Herzen machte sie sich auf den Weg zurück zum Hof. Kurz bevor sie den hellerleuchtenden Stall erreichte, warf sie einen letzten Blick zurück.

Jack und Bello standen immer noch Seite an Seite oben am Waldrand und Laura verspürte ein leichtes Kribbeln im Bauch. Sie hob winkend die Hand und als Jack ihren Gruss erwiderte, hätte sie vor Freude laut aufjauchzen können.

Kapitel 7

Die Begegnung mit Jack liess Laura nicht mehr los. Sein Lächeln, seine unbeschwerte, natürliche Art hatte ihr Herz auf sonderbare Weise berührt und sie wieder zum Leben erweckt.

Es war erst kurz vor sieben Uhr, aber an Schlaf war nicht mehr zu denken. Gähnend sprang sie aus dem Bett, duschte und zog sich was Praktisches an.

Heute stand Plätzchen backen mit Emma auf dem Programm. Sie freute sich schon seit Tagen wie ein kleines Kind darauf.

«Guten Morgen Liebes», begrüsste Emma sie gutgelaunt. «Möchtest du auch noch einen kleinen Muntermacher, bevor wir loslegen mit unserem Backabenteuer?»

«Ja, sehr gerne.» Laura trat mit einem wehmütigen Lächeln ans Fenster. «Ich weiss gar nicht, wann ich mich das letzte Mal auf etwas so gefreut habe, wie auf den heutigen Backtag mit dir.»

«Geht mir genauso», gestand Emma leise, trat neben sie und nahm ihre Hand. «Ganz ehrlich, Plätzchen backen ohne dich, hat sich für mich total mies angefühlt.»

Einen Moment lang kämpften beide mit den Tränen. «Als du weg warst, erlosch jedes Leben in meinem Haus.»

Laura schwieg betroffen. Jack hatte gestern den Nagel wirklich voll auf den Kopf getroffen. Ganz tief in ihrem Herzen hatte sie immer gespürt, dass sie hier hingehörte.

Mit der Flucht nach New York hatte sie gehofft, ihre Vergangenheit hinter sich lassen zu können. Deshalb hatte sie sich auch so in die Arbeit gestürzt und die Strategie hatte sogar eine Zeit lang funktioniert. Bis zu Harrys Rauswurf. Da hatte sie sie das Leben mit voller Wucht wieder eingeholt.

Sie unterhielten sich noch eine Weile und machten sich dann voller Elan an die Arbeit. Zwei Stunden später erfüllte den Duft von frisch gebackenen

Plätzchen das ganze Haus.

Während Emma fröhlich ein altes Volkslied vor sich hin summte, schweiften Lauras Gedanken immer wieder zu Jack ab. Die Art wie er lachte, redete oder das Leben betrachtete, faszinierte sie. Er besass genau die Leichtigkeit, die ihr fehlte.

Laura lächelte verträumt, während dem sie den Teig in ihren Händen zusammenknetete. Niemals hätte sie gedacht, dass sie sich hier draussen verlieben könnte.

«Ist alles in Ordnung?», fragte Emma schmunzelnd.

«Wie?» Laura zuckte zusammen und blinzelte verwirrt.

«Du drückst jetzt schon zum dritten Mal dieselbe Plätzchenform auf die gleiche Stelle», meinte ihre Tante amüsiert und schob eine weitere Ladung Plätzchen in den Ofen, da klopfte es an der Tür.

Emma wischte stirnrunzelnd ihre Hände an der Schürze ab, marschierte aus der Küche und öffnete schwungvoll die Tür.

Laura blickte erwartungsvoll auf, blies sich eine Haarsträhne aus dem Gesicht und hätte beinahe das Backblech fallen lassen, als sie Emma sagen hörte.

«Jack. Das ist aber eine Überraschung.»

Lauras Herzschlag setzte einen Moment aus. Jack? Sie trippelte neugierig zur Küchentür und hätte vor Freude Purzelbäume schlagen können.

Jack stand mit einem Korb voll Eier an der Tür

und grinste sie entwaffnend an. «Ich dachte, die könntet ihr vielleicht brauchen.»

Emmas Miene heiterte sich augenblicklich auf.

«Trifft sich gut. Wir backen gerade.» Sie machte eine kleine Pause und meinte leise. «Komm rein. Laura wird sich bestimmt freuen, dich zu sehen.»

Laura blinzelte verwirrt. Konnte ihre Tante hellsehen? Sie stolperte zurück an ihren Platz und atmete tief durch.

«Guten Morgen.» Jacks Stimme liess ihr einen kleinen Schauer über den Rücken rieseln. «Na hast du dich wieder erholt von deinem Waldabenteuer?»

«Ja.» Laura lächelte verlegen. «Ich hoffe du und Bello auch.»

«Bello schon. Ich aber nicht», witzelte er und kam näher. «MMHH, das sind meine Lieblingsplätzchen.» Dicht hinter ihr blieb er stehen. «Darf ich?»

Er griff ihr über die Schultern, angelte ein Plätzchen vom Kuchengitter und schob es sich in den Mund. «Köstlich», murmelte er hinter ihr. «Dich kann man echt für was gebrauchen Sweetheart.»

Emma beobachtete die Beiden mit einem amüsierten Lächeln. Ach. So war das. Laura hatte sich wohl in Jack verguckt. Obwohl sie sich für ihre Nichte freute, es bereitete ihr auch ein bisschen Bauchweh. Sie mochte Jack, sehr sogar. Aber er war halt nun Mal der Sohn von Helene. Der Sohn ihrer ehemaligen besten Freundin, mit der sie aber schon seit Jahrzehnten zerstritten war.

«Möchtest du auch eine Tasse Kaffee?», fragte sie dann Jack. «Wir beide könnten nämlich auch eine kleine Pause gebrauchen.»

«Gerne», antwortete Jack gutgelaunt. «Wenn ich euch nicht störe…»

«Nein.» Emma tätschelte seine Wange. «Du doch nicht.»

Laura spürte Emmas Unsicherheit. Stirnrunzelnd musterte sie ihre Tante. Sie wirkte plötzlich so verkrampft und gestresst. Aber vielleicht bildete sie sich das auch nur ein.

Die drei setzten sich alle an den runden Küchentisch und unterhielten sich eine Weile angeregt. Bis das Telefonschrillen dem lebhaften Gespräch ein Ende setzte. Emma erhob sich seufzend und verliess die Küche.

«Hast du Lust morgen mit mir einen kleinen Ausflug zu machen?» Jack blickte sie erwartungsvoll an. «Ich würde dir gerne etwas zeigen.»

«Ja, sehr gerne.» Lauras Augen funkelten vergnügt. «Wenn du Zeit hast…»

«Für dich immer Sweetheart», raunte Jack und rutschte näher zu ihr heran. «Ich verspreche dir, Morgen gehöre ich ganz dir.» Er kniff sie augenzwinkernd in die Wange und erhob sich.

«Aber jetzt muss ich leider wieder los. Wir sehen uns morgen um elf Uhr, okay?»

Laura nickte und lächelte glücklich. «Ich bin um elf Uhr startklar.»

«Perfekt. Ich freue mich.» Jack ging zur Tür, wechselte noch ein paar Worte mit Emma und kurz darauf fiel die Haustür hinter ihm ins Schloss.

Kapitel 8

Laura atmete tief durch und schlüpfte neben Jack auf den Beifahrersitz. «Guten Morgen.»

«Guten Morgen Sweetheart», begrüsste er sie gutgelaunt und drückte ihr ein Küsschen auf die Wange. «Gut geschlafen?»

«Ja.» Ihre Blicke kreuzten sich und Laura verspürte wieder dieses leichte Kribbeln in ihrem Bauch. Sie hätte vor Freude laut aufjauchzen können. So lebendig wie jetzt, hatte sie sich ewig nicht mehr gefühlt.

Mit einem verträumten Lächeln schnallte sie sich an. Plötzlich war die Welt da draussen weit weg. Im Moment gab es nur Jack, sie und die eisige Winterlandschaft Alaskas.

Knapp dreissig Minuten später hielt Jack mitten im Wald an. «So Sweetheart. Von hier aus gehen wir zu Fuss weiter.»

«Okay.» Laura sprang bereits freudig aus dem Auto und murmelte überwältigt. «Mein Gott, ist das schön hier.»

Jack trat neben sie und meinte schmunzelnd. «Das ist noch nichts im Vergleich mit dem, was ich dir jetzt gleich zeigen werde.»

«Ich…ich glaube nicht, dass du das hier noch mit etwas toppen kannst...», murmelte Laura leise.

«Aber…aber ich lasse mich gerne vom Gegenteil überzeugen.»

Nach wenigen Schritten blieb Jack stehen und zog sie nahe zu sich heran. «Siehst du den Pfad dort vorne?»

Laura nickte. «Ja. Wieso?»

«Weil wir da jetzt lang gehen», meinte Jack geheimnisvoll, reichte ihr galant den Arm und Laura hakte ohne zu zögern ein. Ihre Augen leuchteten vor

Aufregung. «Okay…»

Obwohl es recht anstrengend war durch den hohen Schnee zu stapfen, sprühte Laura nur so vor Energie.

Aber plötzlich blieb sie wie vom Donner gerührt stehen. «Du meine Güte, das sind ja…» Sie blinzelte. «Richtige Rentiere.»

«Jeep.» Jack umschlang von hinten ihre Taille. «Und? Habe ich dir zu viel versprochen?»

«Nein», hauchte sie und schloss die Augen. «Woher hast du…» Überwältig brach sie ab. «Du hast mir eben meinen grössten Herzenswunsch erfüllt.»

Laura drehte sich zu ihm um und drückte ihm spontan ein Küsschen auf die Wange. «Danke.»

«War mir eine Ehre Sweetheart», raunte er ihr ins Ohr, beugte sich zu ihr runter und küsste sie.

Es war ein zaghafter sanfter Kuss, wurde aber augenblicklich drängender, fordernder. Für einen Augenblick verblasste alles um sie herum und ihr Herz quoll fast über vor Glück. In Jacks Armen fand sie etwas, wonach sie all die Jahre auf der Suche gewesen war. Nämlich Halt und Geborgenheit.

Ein kreischender Wildvogel brach den Bann und Jack gab sie leise räuspernd frei. «Komm. Gehen wir zurück zum Auto.»

Während Jack eher nachdenklich durch den Schnee stapfte, plapperte Laura fröhlich vor sich hin. Sie blieb immer wieder begeistert stehen und liess verträumt ihren Blick über die endlose Weite schweifen.

Dieser Ort hier hatte sie verzaubert. Im Moment fühlte sie sich wirklich wie einem Märchen und hätte vor Glück die ganze Welt umarmen können.

«Kommst du oft hierher?», fragte Laura ihn beschwingt?» «Falls ja, nimmst du mich wieder einmal mit?»

Jack blieb stehen und nahm ihre Hand. «Natürlich.» Er räusperte sich leise und zog sie an sich. «Hör zu Sweetheart. Es gibt da etwas, worüber wir reden sollten.»

Laura blickte betreten zu Boden. «Okay…»

«Hey. Es ist nicht so, wie du denkst.» Jack hob ihr Kinn. «Es geht um Emma und meine Mam.»

«Wieso? Was ist mit den Beiden?», fragte Laura irritiert.

«Die zwei zoffen sich seit Jahrzehnten wegen so einer uralten Geschichte.» Jack atmete tief durch.

«Früher waren sie angeblich unzertrennlich, waren die besten Freundinnen. Meine Mutter leidet stark darunter und hat sämtliche Versuche unternommen, um sich mit Emma auszusprechen. Aber Emma ist stur geblieben und hat jede Annäherung abgeblockt.»

«Das…das wusste ich nicht.» Laura schloss traurig die Augen. Ja, wie hätte sie es auch wissen können. Sie hatte sich die letzten Jahre ja kaum noch Zeit genommen um mit Emma zu telefonieren. Geschweige denn, ein tiefgründiges Gespräch mit ihr zu führen. Ihre Arbeit, ihr Job hatte immer Vorrang gehabt. Alles andere hatte sie immer von sich gestossen.

Sie fand, sie hatte Emma gegenüber so einiges wieder gut zu machen.

«Emma hat doch Morgen Geburtstag», unterbrach Jack ihre Grübelei. «Was meinst du? Wollen wir ein bisschen Schicksal spielen? Vielleicht schafft es Emma mit unserer Hilfe über ihren Schatten zu springen.»

Laura zuckte hilflos mit den Schultern. «Hältst…hältst du das für eine gute…»

«Gute Idee?», ergänzte Jack schräg grinsend ihren Satz und zuckte mit den Schultern. «Ehrlich? Nein, keine Ahnung. Aber einen Versuch ist es doch wert. Mehr als die Köpfe einschlagen, können sie sich ja schliesslich nicht.»

«Ja. Das schon. Aber ich…ich möchte nicht…»

«Hey Sweetheart.» Jack zog sie wieder an sich. «Egal was dabei rauskommt, zwischen uns ändert das nichts.»

«Versprochen?»

«Ja.»

«Okay.» Laura kuschelte sich an ihn. «Versuchen wir's.»

Diese Fehde zwischen Emma und Jacks Mutter hing zwar wie ein bedrohender Schatten über ihnen, aber mit Jack an ihrer Seite fühlte sie sich sogar dieser Herausforderung gewachsen. Jack und sie verband etwas ganz Besonderes. Gemeinsam würden sie diese Hürde meistern.

Kapitel 9

Laura betrachtete mit pochendem Herzen den liebevoll gedeckten Tisch. Es war alles bereit. Jetzt fehlte nur noch Emma. Und genau darin lag der Wurm begraben. Sie hatte schon den ganzen Morgen so ein ungutes Gefühl und je näher der Moment rückte, desto mehr verstärkte es sich.

Trotzdem klammerte sie sich an die Hoffnung, dass die Sache nicht eskalierte. Nicht nur für Emma und Helene, sondern auch für Jack und sie.

Sie fing Jacks Blick auf und lächelte gequält.

«Vielleicht hätten wir das Ganze nicht so forcieren sollen. Ich…»

«Sweetheart.» Jack erhob sich, kam näher und nahm sie in die Arme. «Jetzt mach dich nicht verrückt. Es wird schon schiefgehen.»

«Ja. Es muss einfach», erwiderte sie leise. Aber das mulmige Gefühl im Magen wollte einfach nicht verschwinden. Sie kannte ihre Tante, stellte sie erstmal auf stur, war da nichts mehr zu machen.

Die Tür öffnete sich schwungvoll und Emma trat mit einem fröhlichen Summen ins Wohnzimmer.

«Laura, wo ist…»Sie blieb wie versteinert stehen, als ihr Blick auf Helene fiel, die unsicher zu ihr auf lächelte.

Laura konnte förmlich spüren, wie die Stimmung kippte. Die anfängliche Überraschung wich einer tiefen Ablehnung. Emmas Augen verengten sich und ihre Miene verhärtete sich augenblicklich.

«Was willst du Helene?», fragte sie mit eisiger Stimme ohne sich von der Stelle zu rühren.

«Es war meine Idee», schritt Jack sofort ein und stand auf. «Laura und ich wollten dich überraschen. Heute ist dein Geburtstag und wir dachten…»

«Überraschen?», unterbrach sie ihn eisig und verzog ihren Lippen zu einem dünnen Strich zusammen. «Gratulation. Das habt ihr ja gut hinbekommen.» Ohne ein weiteres Wort drehte sie sich um, ging in die Küche und liess die Tür hinter sich ins Schloss fallen.

Laura tauschte einen besorgten Blick mit Jack.

«Ich rede mit ihr», sagte Jack und drückte ihre Hand.

Doch seine Mutter hielt ihn am sanft am Arm zurück. «Lass es gut sein Jack.»

Traurig stand Helene auf und ging zur Tür. «Ich verstehe einfach nicht warum, Emma. Wieso redest du nicht mit mir? Wir waren doch Mal wie Schwestern. Haben uns alles anvertraut. Haben alles miteinander geteilt.»

Helenes Stimme brach, als sie die Tür öffnete und in die klirrende Kälte hinaustrat.

Laura blieb reglos stehen. Ihre Gedanken wirbelten wild durcheinander und das schlechte Gewissen nagte an ihr. Sie hätte wissen müssen, dass Emma auf stur schalten würde. Und dennoch hatte sie gehofft, dass der Tag anders verlaufen würde. Hatte sie zu viel gewollt? Hatte sie Emma zu sehr unter Druck gesetzt?

Jack trat neben Laura, während seine Mutter mit gesenktem Kopf den Hof verliess.

«Es… es tut mir so leid für deine Mam», flüsterte Laura den Tränen nahe. «So kenne ich Emma gar nicht. Sie ist normalerweise nicht so…»

«Hey, Sweetheart. Mach dir keinen Kopf. Emma wird sich wieder beruhigen. Gib ihr etwas Zeit und lass ein bisschen Gras drüber wachsen. Das wird schon wieder.» Er drückte kurz ihre Hand und ging die Treppe runter. «Wir hören uns später.»

Laura nickte nur stumm, sie brachte keinen Ton über ihre Lippen. Je weiter sich Jack von ihr entfernte, desto mehr spürte sie diese unüberbrückbare Distanz, die sich zwischen ihnen aufbaute. Er wollte jetzt an der Seite seiner Mutter sein und das verstand sie. Und doch spürte sie, dass dieser eine kurze Moment alles zwischen ihnen verändert hatte.

Jack hatte klar Stellung bezogen. Und das musste sie nun auch tun. Emma war ihre Tante, die einzige Familie, die sie noch hatte. Sie verdiente es nicht, dass Laura sich gegen sie stellte.

Mit einem dicken Kloss im Hals schloss sie die Tür und liess sich schluchzend an der Wand nach unten gleiten.

Kapitel 10

Die Tage vergingen und Laura wartete vergebens auf ein Zeichen von Jack. Sie hatten zwar kurz telefoniert am Abend nach der gescheiterten Versöhnung zwischen Emma und Helene. Aber seither herrschte Funkstille. Kein Anruf, keine Nachricht. Nichts. Es war als hätte Jack sie komplett aus seinem Leben ausgesperrt.

Das versetzte ihr einen tiefen Stich im Herzen. Sie wollte Jack nicht verlieren. Doch genau das würde passieren, wenn sie jetzt nichts unternahm. Also nahm sie allen ihren Mut zusammen und betrat das Wohnzimmer.

«Emma.» Laura setzte sich neben sie und nahm ihre Hand. «Was genau ist zwischen dir und Helene vorgefallen? Jack sagte mir, dass ihr Mal die besten Freundinnen wart. Wie kam es dazu, dass ihr euch so zerstritten habt?»

Ihre Tante blickte gequält zu ihr auf. «Ach Liebes. Es ist alles schon so lange her. Aber es hört einfach nicht auf, weh zu tun.» Emma schloss die Augen.

«Wir…wir waren damals noch so jung und hatten das ganze Leben vor uns. Jacks Vater Tom, Helene und ich waren wie drei Musketiere. Ein total verschworenes Trio. Und dann verliebte ich mich in Tom», fing sie leise zu erzählen an.

«Ich wollte es ihm so oft sagen, aber irgendwie hat mich jedes Mal kurz davor der Mut verlassen. Tja und dann kam was kommen musste. Eines Tages vertraute er mir an, dass er sich in Helene verliebt hatte. Natürlich habe ich versucht mich damit zu arrangieren. Aber irgendwann konnte ich es einfach nicht mehr ertragen und habe mich immer mehr und mehr von ihnen distanziert. Ich wollte Helene nicht hassen, wirklich. Ich gönnte ihr das Glück mit Tom. Sie war ja schliesslich meine allerbeste Freundin. Aber irgendetwas ist an diesem Tag in mir zerbrochen. Und dann hat ihr Vater mir auch noch Land abgeknöpft. Das hat dann das Fass endgültig zum Überlaufen gebracht.» Emma wischte sich eine Träne von der Wange.

«Helene hat mir alles genommen, meine Träume,

meine Hoffnung. Aber das schlimmste war, sie hat es nicht Mal gespürt, wie sehr ich gelitten habe. Irgendwann konnte ich ihr einfach nicht mehr in die Augen sehen…»

Laura blinzelte eine Träne aus den Augenwinkeln. «Oh Tante Emma. Warum hast du denn nie etwas gesagt?»

«Liebes.» Emma drehte sich endlich zu ihr um. «Was hätte das denn geändert? Du warst so weit weg. Du hattest dein eigenes Leben, deine Karriere. Da wollte ich dich nicht mit meinen Sorgen belasten.»

Jetzt übermahnte Laura erneut das schlechte Gewissen. Sie war all die Jahre so mit sich selbst beschäftigt gewesen, dass sie nicht Mal bemerkt hatte, dass Emma so in ihrem Kummer versunken war.

«Es tut mir so leid. Ich hatte keine Ahnung…» Sie schlang ihre Arme fest um Emma und schluchzte leise. «Hast du deshalb nie geheiratet?»

Emma nickte unter Tränen. «Weisst du, Tom war meine ganz grosse Liebe gewesen. Es hat nie mehr einen Mann gegeben, der mich auf diese Art und Weise berührt hatte.»

«Und du hast ihm das nie gesagt?»

«Nein.» Emma schüttelte den Kopf. «Und als er vor einem halben Jahr bei einem Unfall ums Leben kam, starb auch ein Teil von mir.»

Sie drückte Lauras Hand. «Jack ist seinem Vater in vielem sehr ähnlich. Er ist schwer in Ordnung. Und ich möchte nicht, dass du den gleichen Fehler machst, wie ich. Gehe zu ihm und rede mit ihm, Liebes. Sag ihm was du fühlst, zeig ihm wie wichtig er dir ist.»

«Ja mache ich. Aber erst morgen», murmelte Laura und kuschelte sich an sie. « Der heutige Abend gehört nur uns Beiden.»

Kapitel 11

Laura stand am Fenster und beobachtete besorgt das wilde Schneetreiben. Es hatte letzte Nacht irgendwann angefangen zu schneien. Das sogenannte Sturmtief Oskar wütete und setzte die ganze Region ausser Gefecht.

Auf den Strassen herrschte das absolute Chaos. Bei den meisten gab es gar kein Durchkommen mehr. Es versank wortwörtlich alles in Schnee und Eis. Die Wetterbehörde gab immer wieder Warnungen raus und bat die Leute nur im allernötigsten Notfall das Haus zu verlassen. Der absolute Höhepunkt des Sturmes stand nämlich erst noch bevor.

Sie blickte stirnrunzelnd auf die Uhr. Wo blieb Emma so lange? Sie wollte doch nur kurz nach den Tieren sehen. Eigentlich müsste sie längst wieder hier sein.

Ein leiser dumpfer Aufprall bestätigte ihre Bedenken. Irgendetwas stimmte hier nicht. Sie rannte zur Tür, öffnete sie hastig und sah Emma am Boden liegen.

«Tante Emma.» Laura stürzte hinaus und kniete sich neben ihr in den Schnee. «Was…» Sie versuchte Emma auf die Beine zu helfen.

Aber ihre Tante verzog schmerzerfüllt das Gesicht und liess sich leise stöhnend zurücksinken. «Ich… ich habe mir meinen Knöchel verknackst.»

«Okay. Halte dich an mir fest.» Laura warf ihr einen besorgten Blick zu. «Bist du soweit?»

«Ja.»

«Gut.» Laura hievte ihre Tante hoch, schleppte sie hoch zum Haus und brachte sie ins Wohnzimmer.

Dort legte sie Emma behutsam aufs Sofa und musterte ihre Tante bekümmert. «Du glühst ja förmlich. Was machen wir denn jetzt? Du brauchst einen Arzt, aber…»

«Ach Liebes. Alles halb so wild. Mach dir um mich keine Sorgen. Die Tiere sind versorgt und bis morgen sieht die Welt wieder ganz anders aus.»

Aber eine halbe Stunde später hatte sich Emmas Zustand deutlich verschlimmert. Inzwischen hatte sie nicht nur leicht Temperatur, sondern richtiges Fieber. Und das stieg immer höher. Was sollte sie jetzt tun? Die Telefonleitungen waren seit heute Morgen tot. Mit dem Handy brauchte sie es erst also gar nicht zu versuchen.

Sie schloss verzweifelt die Augen. Es blieb ihr nichts anderes übrig als Hilfe zu holen. Es kostete sie zwar einiges an Überwindung jetzt über ihren Schatten zu springen, aber Jack war im Moment der Einzige, der für sie erreichbar war.

«Emma?» Sie legte ihrer Tante die Hand auf die Wange und murmelte tränenerstickt. «Bitte halte durch. Ich hole Hilfe…»

Mit pochendem Herzen schnappte sich Laura ihren dicken Mantel, zog sich ihre Stiefel und Wollkappe an und trat hinaus in den tobenden Sturm. Der Wind peitschte ihr unbarmherzig ins Gesicht und sie kämpfte sich Schritt für Schritt zu Jacks Hof durch. Obwohl es nur etwa vierhundert Meter waren bis zu den O Briens, für Laura begann ein echter Überlebungskampf.

Sie stolperte immer wieder, fiel hin und mit jedem Mal kostete es sie ein bisschen Überwindung mehr wieder aufzustehen.

Aber der Gedanke an Emma, gab ihr Kraft.

Fünfzehn Minuten später erreichte sie dann total erschöpft den Hof von Jack. Sie klopfte so fest sie konnte an die Tür. «Jack…»

Die Tür wurde schwungvoll geöffnet. «Laura.» Jack musterte sie stirnrunzelnd. «Was zum Teufel machst du bei diesem Wetter…»

«Emma hat sich den Fussknöchel verdreht und hat plötzlich hohes Fieber bekommen. Ich wusste nicht, wohin ich sonst…»

«Moment, langsam.» Jack zog sie ins Haus und liess die Tür mit einem Tritt ins Schloss fallen.

«Emma hat sich den Fussknöchel verdreht? Sag mir jetzt nicht, sie war im Stall und…»

«Doch», antwortete ihm Laura leise. «Was…was machen wir denn jetzt? Sie braucht dringend einen Arzt, aber bei diesem Wetter…»

«Meine Mam ist gelernte Krankenschwester.» Jack führte sie in die Küche, drückte sie auf einen Stuhl und reichte ihr eine Tasse heissen Tee.

«So. Du trinkst jetzt das hier und wärmst dich auf. Und ich rede unterdessen mit meiner Mam, okay?»

«Okay.» Laura nickte und wischte sich die Tränen von der Wange. «Danke…»

Knapp zehn Minuten später kam Jack wieder zurück. «Sie kommt gleich.» Er zog sich die Jacke über und ging vor ihr in die Hocke. «Hey. Du bist nicht alleine. Wir stehen das gemeinsam durch.» Er nickte ihr aufmunternd zu. «Ich muss nur kurz runter in den Keller und danach können wir los.»

Laura würgte den Tee runter, erhob sich und stellte die Tasse in den Spültrog. Als Helene die Küche betrat, taumelte sie schluchzend auf sie zu.

«Gott, ich habe solche Angst…dass Emma…»

«Liebes, deine Tante ist eine Kämpferin. Das war sie schon immer. Es wird alles gut. Vertrau mir…»

«Können wir?» Jack stand an der Küchentür, nahm seiner Mutter den Notfallkoffer ab und löschte das Licht. «Bevor es kein Durchkommen mehr gibt…»

Sie verliessen gemeinsam das Haus und stapften zum Pickup rüber. Sie hatten Glück das Jack so ein erfahrener Autolenker war, sonst wären sie etliche Male von der Strasse abgedriftet und im Schnee stecken geblieben.

Knapp zehn Minuten später erreichten sie dann Gott sei Dank Emmas Hof.

Kapitel 12

Helene kniete neben dem Sofa auf dem Boden und überprüfte Emmas Puls und die Temperatur. «Wir müssen versuchen das Fieber zu senken», sagte sie leise und zog eine kleine Dose Kräuter aus ihrem Notfalltasche. «Laura könntest du mir bitte eine Schüssel heisses Wasser holen?»

«Natürlich.» Laura erhob sich und verliess das Wohnzimmer und Jack half seiner Mutter mit den Essigwickeln. «Wird sie's schaffen?»

Helene schluckte schwer. «Das wissen wir erst morgen früh. Wir müssen das Fieber in den Griff bekommen.»

Laura kam mit dem heissen Wasser zurück und Helene schüttete die Kräuter in die Schüssel. «So. Wir lassen das jetzt ein paar Minuten ziehen und tröpfeln ihr dann in kleinen Abständen immer wieder etwas von dem Kräutersud ein. Mehr können wir leider nicht tun. Nur abwarten und hoffen, dass ihr Körper positiv auf die Kräutertherapie reagiert.»

Diese Aufgabe übernahm Laura. So war sie immer in Emmas Nähe und fühlte sich nicht ganz so nutzlos.

Draussen tobte der Sturm unbarmherzig weiter. Mittlerweile war bereits über einen Meter Neuschnee gefallen und ein Ende der Niederschläge war noch nicht in Sicht.

Laura schlang fröstelnd die Arme um sich. Inzwischen war nun auch noch der Strom ausgefallen. Es lag eine lange frostige, eisige Nacht vor ihnen und Emmas Zustand war immer noch sehr kritisch. Das Fieber wollte einfach nicht sinken und ihr Körper wurde dadurch immer mehr geschwächt.

Sie fand, jetzt war es an der Zeit Helene ins Vertrauen zu ziehen. Die Beiden Frauen waren so lange zerstritten gewesen und sie wollte nicht, dass ihre Tante vielleicht so ab dieser Welt musste.

Laura räusperte sich leise und verschränkte ihre Finger ineinander. «Helene? Emma und ich haben…haben gestern bis tief in die Nacht miteinander geredet. Über dich und eure Freundschaft und…» Sie brach ab und schloss für einen Moment die Augen.

«Und…und über Tom. Mein Gott, ich weiss nicht wo ich anfangen soll…» Verunsichert blickte sie zu Jack rüber und als er ihr aufmunternd zulächelte, fing sie leise zu erzählen.

«Aber…aber wieso hat sie nie mit mir darüber geredet.» Helene brach traurig ab. «Tom und ich…»

Sie wischte sich eine Träne von der Wange. «Tom und ich haben damals doch nur geheiratet, weil ich mit Jack schwanger war.» Sie blickte kurz zu Jack rüber. «Wir haben zwar eine gute Ehe geführt, aber so wirklich geliebt haben wir uns nie. Es war halt mehr so eine Zweckgemeinschaft. In Wirklichkeit hat Tom immer nur eine Frau geliebt. Emma.»

«Was?», entfuhr es Jack und Laura gleichzeitig.

«Ja.» Helene seufzte leise. «Ich habe ihm so oft gesagt, er soll zu Emma gehen und sich mit ihr versöhnen. Aber Tom war ein sturer alter Maulesel und hat es mit sich ins Grab genommen.»

Jack stiess heiser die Luft aus und fuhr sich nervös mit der Hand durchs Haar. «Mit anderen Worten ihr habt mir all die Jahre lang nur etwas vorgegaukelt? Habt einen auf heile Familie gemacht, obwohl ihr…»

«Nein Jack, so war es nicht. Wir…»

Doch Jack hob abwehrend die Hände. «Erspar mir bitte weitere Einzelheiten.» Kopfschüttelnd verliess er das Wohnzimmer und liess krachend die Tür hinter sich ins Schloss fallen.

Laura starrte ihm blinzelnd hinterher. «Ich…ich habe alles nur noch viel schlimmer gemacht.» Sie biss sich auf die Lippen. Hätte sie doch bloss ihren Mund gehalten.

Jetzt war sie nicht nur Emma in den Rücken gefallen, sondern hatte auch noch einen Keil zwischen und Jack und Helene getrieben. Sie musste das wieder geradebiegen.

«Ich…ich rede mit ihm.» Sie legte tröstend ihre Hand auf Helenes Schultern. «Er…er hat das bestimmt nicht so gemeint…»

Helene blickte traurig zu ihr hoch und lächelte gequält. «Doch Liebes. Und ich kann es ihm nicht Mal verübeln.»

Die beiden Frauen umarmten sich kurz und während Laura sich auf den Weg zu Jack in die Küche machte, kümmerte sich Helene weiter um Emma.

«Jack?»

«Was willst du?»

«Mit dir reden.» Laura trat neben ihn. «Hör zu, ich kann verstehen, dass du…»

«Nein Laura, kannst du nicht», unterbrach er sie verbittert. «Deine Eltern haben dich nicht dein ganzes Leben lang an der Nase herumgeführt und…» Er brach ab und kniff die Augen zusammen.

«Du hast keine Ahnung wie sich das anfühlt…»

«Hattest du denn jemals das Gefühl unerwünscht zu sein?», unterbrach sie ihn leise.

Er schloss die Augen und verzog stur seinen Mund. «Macht das einen Unterschied?»

«Ja. Und zwar einen ganz Gewaltigen. Jetzt vergiss Mal deinen verdammten Stolz. Ja, deine Eltern hätten mit dir reden sollen. Aber was genau kannst du ihnen denn vorwerfen? Das sie dein Glück stets vor ihr Eigenes gestellt haben?»

Jacks Abwehrhaltung fing an zu bröckeln. «Trotzdem…!»

«Meine Güte Jack, du bist ein erwachsener Mann. Wieso bestrafst du deine Mutter für etwas, das sie deinetwegen, aus reiner Liebe zu dir auf sich genommen hat? Du weisst doch wie das Leben sein kann und das es eben nicht immer so verläuft, wie wir das vielleicht gerne hätten.»

«Ja. Vielleicht hast du Recht.» Jack fuhr sich durchs Haar, atmete tief aus und drehte sich mit einem müden Lächeln zu ihr rüber. «Danke. Ich glaube diesen Tritt in den Arsch habe ich gebraucht.»

«Bitte.» Laura lehnte sich lächelnd an ihn. «Jederzeit gerne wieder.»

Kapitel 13

Ein paar Minuten später kehrten sie zurück ins Wohnzimmer. Die Drei unterhielten sich bis tief in die Nacht hinein und irgendwann musste Laura kurz eingenickt sein.

Plötzlich hörte sie wie aus weiter Ferne Helenes Stimme. «Gott sei Dank. Das Fieber sinkt langsam.»

Kurz nach drei Uhr morgens öffnete Emma blinzelnd die Augen und Helene purzelte die Tränen nur so über die Wangen. «Emma.» Sie strich ihr liebevoll übers Haar. «Willkommen zurück Liebes.»

Emma runzelte verwundert die Stirn. Sie brauchte einen Moment lang um zu begreifen, wer hier an ihrer Seite sass. «Helene?», flüsterte sie mit rauer Stimme.

«Ja, Emma. Ich bin hier.» Helene lächelte gerührt. «Du hattest hohes Fieber und Laura hat…» Sie brach ab und schluckte schwer. «Mein Gott, ich hatte solche Angst um dich…»

Jack griff wortlos nach Lauras Hand, nickte ihr lächelnd zu und verliess mit ihr zusammen das Wohnzimmer. Emma und Helene brauchten jetzt einen Moment für sich.

Emmas Augen füllten sich mit Tränen. «Ich war so böse zu dir und jetzt bist du hier und…Ich wollte dich nicht hassen, wirklich. Aber…aber damals brach…»

«Ich weiss Liebes, Laura hat mir alles erzählt.» Helene blickte betreten zu Boden.

«Wieso hast du denn nie etwas gesagt? Tom und ich…» Sie brach ab und schloss die Augen. «Es ist so traurig, wir haben so viele Jahre versäumt und… ich wünschte wir hätten uns schon viel früher überwinden können, in Ruhe zu reden.»

«Ich auch.» Emma schloss erschöpft die Augen. «Es…es wird Zeit das wir die Vergangenheit hinter uns lassen und nach vorne blicken.»

Die zwei sprachen sich endlich aus und Helene griff vorsichtig nach Emmas Hand. Und als Emma fest ihre Hand umschloss, lächelte sie unter Tränen. Das war der erste Schritt Richtung Versöhnung.

Jack und Laura die das Ganze angespannt durch den Türspalt hindurch beobachtet hatten, atmeten erleichtert aus.

«Gott sei Dank.» Laura lehnte sich mit erschöpftem Lächeln an die Wand. «Sie haben endlich das Kriegsbeil begraben.»

«Wurde auch langsam Zeit», meinte Jack mit einem schiefen Lächeln, stellte die Kaffeetasse auf den Tisch und kam näher. «Du hast mir gefehlt Sweetheart.»

«Du…du mir auch.» Sie ging einen Schritt auf ihn zu. «Und es tut mir leid, dass ich so…»

Weiter kam sie nicht, den Rest verschlang Jack in einem tiefen langen Kuss.

Kapitel 14

Laura betrachtete begeistert den liebevoll geschmückten Christbaum in Emmas Wohnzimmer. Sie freute sich wie ein kleines Kind. Endlich Heiligabend. Der Tisch war hübsch gedeckt und der Duft von Zimtplätzchen hing in der Luft. Ihr wurde richtig warm ums Herz. Alles war rundum perfekt.

Hier auf Emmas Hof hatte sie etwas gefunden, dass sie so lange vermisst hatte. Geborgenheit, Liebe und einen neuen Anfang.

Sie griff unter dem Tisch nach Jacks Hand und drückte sie fest. Ihre Blicke trafen sich und ein glückliches Lächeln breitete sich auf Lauras Gesicht aus. Dieser wunderbare Mann bereicherte ihr Leben. Er war ihr Halt, ihr Fels in der Brandung.

Emma und Helene sassen nebeneinander und plauderten ganz ungezwungen miteinander. Sie tauschten alte Geschichten aus und genossen einfach das gemütliche Zusammensein.

«Es ist so schön euch alle hier bei mir zu haben.» Emma blickte bewegt in die Runde und drückte Lauras Hand. «Danke.» In ihren Augen lag einen Hauch von Wehmut, aber auch Erleichterung.

Ihre Nichte hatte wieder Leben in ihr Haus gebracht. Sie war nicht mehr alleine. War umgeben von Menschen, die sie liebten. Und dafür war sie unendlich dankbar.

Jack nickte lächelnd, legte kurz seine Hand auf die von seiner Mutter und hob dann das Weinglas.

«Fröhliche Weihnachten.»

«Fröhliche Weihnachten.» Die Weingläser klirrten und Helene blinzelte eine Träne aus den Augenwinkeln. «Vielleicht feiern wir von jetzt an immer gemeinsam Weihnachten», schlug sie vor.

Emma erwiderte ihren Blick und drückte fest ihre Hand. «Ja. Das ist eine grossartige Idee. Darauf trinken wir.»

Ja, sie hatte endlich mit ihrer Vergangenheit Frieden geschlossen. Jetzt blickte sie voller Zuversicht nach vorne.

Nach dem Essen erhob sich Jack, flüsterte Laura etwas ins Ohr und die Beiden erhoben sich leise räuspernd. «Wir sind gleich wieder da», erwiderte Jack augenzwinkernd und zog Laura hinter sich her in die Küche.

«Du…du willst doch jetzt nicht ernsthaft abwaschen, oder?» Laura musterte ihn zweifelnd. «Das…»

«Kann warten, ich weiss», unterbrach Jack sie schmunzelnd und zog sie an sich. «Darum geht's nicht. Sondern…» Er weihte sie in seinen Plan ein und ihre Augen fingen an fröhlich zu funkeln.

«Okay. Ich…»

«Nein. Wir…» Jack legte ihr den Arm um die Schultern und so kehrten sie zurück ins Wohnzimmer.

«Ausflug? Jetzt?» Helene und Emma warfen sich einen irritierten Blick zu. «Wohin denn?»

«Es wäre doch keine Überraschung mehr, wenn wir euch das jetzt verraten würden, oder?»

Jack und Laura grinsten sich spitzbübisch an und die beiden Frauen erhoben sich stirnrunzelnd. «Na dann, wollen wir Mal nicht so sein.»

Sie zogen sich alle warm an und machten sich auf den Weg.

«Ich hab's. Wir fahren zur Waldhütte…», begann Helene an zu rätseln.

Jack und Laura schüttelten lachend den Kopf. «Neeeiiinnn.»
Plötzlich schoss Emma hoch und stiess Helene schmunzelnd die Seite. «Wir fahren auf den Dorfplatz, wetten?»

Ein paar Minuten erreichten sie das Dorfzentrum und Emma stieg mit einem siegessicheren Grinsen aus. «Ich wusste es…»

Die weihnachtliche Stimmung sprang sofort auf sie über und sie hakte sich bei Helene ein. «Komm. Gehen wir.»

Laura und Jack schlossen sich ihnen mit einem glücklichen Lächeln an und folgten ihnen.

Der Dorfplatz füllte sich allmählich rund um den Christbaum herum und Laura griff nach Jacks Hand.

Der Präsident trat ans Rednerpult und räusperte sich leise. «Liebe Dorfgemeinschaft. Mir ist es dieses Jahr ein ganz besonderes Anliegen, dass die Kerzen am Christbaum von zwei Frauen angezündet werden. Zwei Frauen die uns gezeigt haben, wie heilsam Vergebung und Versöhnung sein können. Helene und Emma darf ich euch bitten, die Lichter am Christbaum anzuzünden?»

Für einen kurzen Augenblick lang herrschte totale Stille. Man hätte eine Stecknadel fallen hören können, so mucksmäuschenstill war es.

Aber als Helene und Emma Seite an Seite vor den Christbaum traten, brach jubelnder Applaus aus.

Mit Tränen in den Augen sah Laura den Beiden zu, wie sie Hand in Hand die Kerzen anzündeten. Ein paar Minuten erstrahlte der Baum in einem warmen rot goldigen Licht und die Welt schien für einen Moment still zu stehen.

Jack trat neben den Gemeindepräsidenten und zwinkerte Laura zu. «Meine Lieben, heute ist Heiligabend. Meine Mutter und Emma haben uns allen vor Augen geführt, dass man trotz all den vielen Herausforderungen immer einen Weg findet, wieder aufeinander zu zugehen. Manchmal sogar den Mut über seinen eigenen Schatten zu springen und alte Wunden endlich heilen zu lassen.»

Er sah mit einem glücklichen Lächeln zu seiner Mutter und Emma hinüber, bevor er Laura einen liebevollen Blick zuwarf. «Für mich ist dieses Weihnachten ein Neubeginn. Nicht nur für mich und meine Familie, sondern für alle hier. In dem Sinne, fröhliche Weihnachten.»

Lauras Herz quoll fast über vor Glück. Sie war hier umgeben von all den Menschen die sie liebten.

Ja, sie war genau hier, wo sie hingehörte. In Alaska. An einem Ort, der ihr ganzes Leben verändert hatte. Sie hatte hier nicht nur ihre Familie wiedergefunden, sondern auch eine ganz neue Bestimmung.

Jack beendete seine Rede und die Dorfbewohner applaudierten erneut lautstark.

Jetzt hielt Laura nichts mehr. Sie rannte auf ihn zu und fiel ihm in die Arme. «Ich liebe dich Jack», flüsterte sie während sie sich an ihn schmiegte.

«Ich dich auch Sweetheart», raunte Jack ihr ins Ohr und in diesem Moment spürte Laura, dass dies der Anfang einer wundervollen Zukunft war. Eine Zukunft an Jacks Seite. In der Nähe von ihrer Tante. In einem kleinen Dorf mitten im Nirgendwo. In den rauen unendlichen Weiten Alaskas.

Ein Jahr später

Laura stand am Fenster und blickte auf die verschneiten Felder. Genau vor einem Jahr war sie auch hier gestanden. Die Erinnerung daran entlockte ihr ein zaghaftes Lächeln. So vieles hatte sich in der Zwischenzeit verändert.

Sie berührte zärtlich das kleine Köpfchen von ihrem Sohn Jack Junior und schloss die Augen. Der Kleine war ihr ganzer Stolz. Er hatte nicht nur Jack und sie enger zusammengeschweisst, sondern auch Emma und Helene. Die Beiden hatten sogar beschlossen ihre Höfe zusammen zu legen und gemeinsam etwas Neues aufbauen.

Laura trat mit Jack Jun. auf den Armen hinaus an die frische klare Winterluft und tupfte sich eine Träne aus den Augenwinkeln. Emma und Helene waren gerade dabei beschäftig, die Rehe und Rentiere zu füttern. Sie wirkten beide total entspannt und glücklich.

Emma hatte ihr Lächeln wiedergefunden, das Laura so vermisst hatte. Auch Helene war wie verwandelt. Die Sache mit den Rentieren war ihre Idee gewesen. Damit hatte sie Laura einen grossen Wunsch erfüllt.

Jack kam mit Bello aus dem grossen Schuppen und warf ihr einen Handkuss zu. Laura blinzelte erneut eine Träne aus den Augenwinkeln und lächelte zu ihm rüber.

Die Liebe zwischen ihnen, hatte hier alles verändert. Sie hatte alte Wunden geheilt und verlorene Freundschaften erneut aufblühen lassen. Mehr noch. Sie hatte ihnen gezeigt, dass es immer einen Weg gab, wenn man dazu bereit war über seinen Schatten zu springen.

«Er ist dir wie aus dem Gesicht geschnitten», sagte Laura leise, als Jack von hinten die Arme um sie schlang und seinen Sohn stolz musterte. « Er wird bestimmt ein kleiner Abenteurer.»

Jack grinste und drehte sie zu sich um. «Ja wer weiss. Vielleicht wird er eines Tages Rentiere trainieren», meinte er augenzwinkernd. «Und wird sie durch die Wälder führen.»

Laura lachte. Ja das Bild eines wilden freiheitsliebenden Sohnes vor Augen, der die Welt genauso erobern würde, wie seine Eltern, das gefiel ihr.

«Vielleicht», flüsterte sie und drückte ihr Sohn zärtlich an sich. «Aber egal was er auch tut, er wird immer unsere Liebe und Unterstützung haben.»

Für einen Moment schwiegen sie. Das letzte Jahr hatte viel von ihnen allen abverlangt. Aber sie waren alle daran gewachsen. Jack, Emma und Helene hatten all die Hindernissen die zwischen ihnen gestanden waren, überwunden.

Und Laura hatte hier ihre ganz grosse Liebe gefunden. Hatte ihrem Leben eine ganz neue Richtung gegeben und dafür war sie einfach nur dankbar.

«Tut gut die Beiden wieder so unbeschwert und glücklich zusammen lachen hören», meinte Jack und nickte zu seiner Mutter und Emma rüber, die sich neckten und immer wieder in lautes Gelächter ausbrachen.

«Ja.» Sie drückte zärtlich seine Hand und kuschelte sich vertrauensvoll an ihn. «Unsere Liebe hat die Beiden wieder vereint.»

Jack schlang ihre Arme um sie und raunte ihr heiser ins Ohr. «Du machst mich so unendlich glücklich Sweetheart.»

«Du mich auch.» Laura blickte mit leuchtenden Augen zu ihm auf. Sie liebte diesen Mann über alles. An seiner Seite blühte sie auf. Ja. Sie war endlich angekommen.

ENDE

Bisher erschiene Bücher:

Düsteres Geheimnis Roman
https://bit.ly/duesteres-geheimnis

Der kleine Igel Baschi Kinderbilder Buch
https://bit.ly/der-kleine-igel-baschi